Une terre commune

Cédric Herrou

SeuilLibelle

ISBN 978-2-02-152067-5

www.seuil.com

En l'amer souvenir
du préfet Georges-François Leclerc.

Une terre commune

Cédric Herrou

Dans un mélange de France et d'Italie, d'oliviers et de mélèzes, de mer azur et de sommets acérés, le relief de la Roya est marqué par les barres rocheuses qui surplombent le fond de la vallée. Ses sommets sauvages, hostiles à l'homme et à son agriculture abritent des troupeaux de chèvres, de brebis brigasques, et une multitude d'espèces adaptées à la rudesse de cette terre. Les bergers sur leurs alpages, ceux qui osent gravir les cimes dénuées d'arbres, là où plus rien ne pousse sauf cette herbe rase, le pas du Diable, l'Enfer, la Baisse de Valmasque. Là où, il y a plus de quatre mille ans, certains d'entre eux gravaient dans le schiste des dizaines de milliers d'inscriptions que nous lisons encore.

Cette terre fascine, ses hauteurs foudroient. Plus bas, la douce odeur de Méditerranée. Contraste complexe, terre de douleur et de douceur, la Roya terre aimée ou détestée. Certains de ses hommes en sont partis épuisés ; d'autres, venus d'ailleurs, les ont remplacés : des citadins rêvant de montagnes et d'amour de la terre, de paysannerie, de doux rêveurs, des professeurs, des infirmiers. Il y a aussi mes amis, les proches, ceux qui vivent loin du monde, dans le silence, dans le confort de l'oubli d'un monde devenu à leurs yeux sauvage. Et moi, jeune en amour de montagne et de liberté, vivant dans une petite maison entourée d'oliviers, sur un ancien terrain abandonné.

Comme si le relief influait sur nos âmes, nous, habitants de la Roya, sommes l'expression de ce mélange de mer et de montagnes, de falaises, d'oliviers et de mélèzes, d'amour et de haine, d'accueil et de rejet. Que faire de nos montagnes qui bougent ? De ce « socle commun » qui se dérobe sous nos pieds ?

Je suis paysan dans la vallée de la Roya depuis vingt ans. Je m'y suis installé pour vivre d'une manière différente : je voulais être libre et heureux. Or c'est ici, dans cette vallée isolée, que je me suis heurté à la brutalité de l'État. C'est ici que j'ai été témoin d'une violence inédite exercée contre les personnes en migration et ceux qui les aident. C'est ici que j'ai vu des médecins légitimer leur refus de soigner, ou l'Aide sociale à l'enfance contester la prise en charge de mineurs isolés. Ici encore, le préfet méprisait ses obligations du respect de l'ordre et de la loi.
En 2016, la vallée de la Roya s'est transformée en un terrain chaotique et désordonné. Nous improvisions un accueil dans l'urgence et la précipitation, des habitants poussaient leurs meubles afin de poser un matelas au sol. Pendant ce temps, la police se mobilisait dans les villages, dans les rues, sur les chemins de montagne. Nous les contournions pour que ces jeunes migrants puissent enfin être soignés, nourris et abreuvés. Ce « socle commun » était bel et bien fracturé. L'État avait décidé de chasser migrants et aidants, sans discussion, sans concertation, par la force et la menace.
La Roya était revenue à l'état sauvage. Un campement s'organisait chez moi. Dans les villages

voisins, les salles de bains devenaient salles de soins. Qu'elles soient enceintes ou malades, qu'elles souffrent d'une vieille blessure infectée ou d'une cheville foulée, les personnes se faisaient soigner dans la clandestinité. Nous, habitants de la Roya, ne savions plus ce qui était légal ou pas. Alors nous avons fait ce qui nous semblait juste et nous l'avons fait en désobéissant. La Roya, un décor de combat aux forces inégales entre une institution brutale et des exilés et citoyens sans armes.

Mes nuits étaient rythmées par les appels incessants de gamins perdus dans la forêt, des appels d'autres, privés de liberté dans un centre de rétention improvisé au sein d'une gare, ou encore de voisins tombant sur des gamins cachés entre deux buissons à la sortie d'une gare pour tenter de sauter dans un train, sous l'œil distrait des gendarmes mobiles. Cette détresse, nous l'avons éprouvée de près. Mon morceau de terre s'est transformé en camp de réfugiés. Nous, habitants de la Roya, avons répondu à l'ingérence et à la violence des pouvoirs publics par la solidarité. Nous avons ainsi hébergé, nourri et accompagné des milliers de personnes.

Nous avons donc vécu dans une vallée oubliée, mi-française, mi-italienne, une vallée de l'entre-deux, de l'entre-droit et devoir, où la compassion était devenue répressible, où le droit s'opposait à une morale. Dans cet endroit où nous avons vu l'indécence devenir règle, norme, structure ou squelette d'un système sclérosé par la peur et la haine, nous, habitants de la Roya, sommes, par notre humanité, devenus des délinquants enfermés dans l'entre-deux – nous devions choisir notre camp, celui des « pro » ou des « anti ». Il y avait les naïfs humanistes et les pragmatiques dépourvus d'empathie. Or nous ne voulions pas diviser. Nous voulions simplement que l'État respecte la loi et que le président du département respecte ses obligations. Ainsi, nous sommes devenus militants malgré nous, défenseurs de ceux venus d'ailleurs. J'ai accueilli plus de 2 500 personnes en migration, ma vie en a été absolument chamboulée. Certains diraient : « Il l'a bien cherché », « Il n'avait qu'à ne pas les aider », mais avais-je vraiment le choix ? J'ai agi par réflexe d'une éducation bien ancrée, d'une morale qui peut paraître dépassée, obsolète, car battue en brèche par un racisme banalisé. Aider son prochain, base de toute religion, de toute civilisation, ce qui a fait que l'homme a pu se démarquer des autres mammifères, sortir du sauvage.

Nos portes de la Roya se sont ouvertes par réflexe, les canapés-lits se sont dépliés, des draps s'y sont déposés. Ce soir-là, les mains de Sylvain tremblent légèrement. Avec Françoise, ils étendent un drap sur le divan du salon. Un coussin, une couverture y sont posés. La gêne survole les hôtes, ceux qui donnent l'hospitalité et celles qui la reçoivent, ils ne se regardent pas. Les unes aussi gênées que les autres, ils parlent dans des langues différentes, les unes le tigrigna, les autres le français. Ils tentent maladroitement l'anglais mais sans succès. Je les regarde d'un œil amusé. Cet accueil est forcé par les circonstances et l'heure tardive. Les deux adolescentes distinguent mon amusement, me sourient en retour, vient le tour de Françoise puis de Sylvain. Finalement, les rires et les sourires contagieux seront leur langue commune. La cohabitation est organisée dans l'urgence, ils ne seront pas amis, juste conscients de l'état de nécessité.
Pour Françoise et Sylvain, le fait d'accueillir deux gamines de quinze ans, abandonnées à elles-mêmes, dehors, sans ressources, est un devoir, non un choix. Ce couple discret de retraités de l'Éducation nationale hébergera ainsi des dizaines de personnes, puis les transportera ailleurs, plus loin. Françoise finira en

garde à vue dans la même brigade où travaillait son père, autrefois gendarme. Elle sera jugée puis condamnée. Pourtant, elle continuera d'héberger. Françoise faisait partie, comme nous, de ces irréductibles de la Roya. Ces hommes et femmes qui accueillaient d'autres hommes et femmes, pas ces « militants » qui aidaient les « migrants ». Qu'ils soient nourrissons, jeunes ou vieux, malades ou bien portants, ils sont uniquement désignés par ce terme : « migrant ». Qu'ils viennent d'Afrique de l'Est ou de l'Ouest, du Sud ou du Nord, d'Asie ou d'Orient, ils sont aux yeux des autorités tous indésirables de la même façon. La France comme une péninsule entourée « des autres », méfiante à l'égard de 7,5 milliards d'autres ; comme un arbre malade dans une forêt primaire pompant ses dernières gouttes de sève séchée depuis des décennies dans les nœuds d'une souche asphyxiée par ses propres racines.

Ici, rien ne nous préparait à côtoyer la violence du monde. Nous ne voulions pas que notre vallée soit envahie par les gendarmes mobiles, saturant les hôtels des vallées alentour et flinguant toute dynamique touristique. La Roya est pourtant devenue une colonie policière, une sorte de camp pour scouts, où des gamins d'ultra-droite âgés d'à peine vingt-cinq ans se mettaient parfois à hurler, à minuit passé, tels des prédateurs dopés par un mélange l'adrénaline, de dopamine et de testostérone.

« Si tu veux faire une demande d'asile, c'est par là-haut. » Des gendarmes passaient leur temps à nous observer aux jumelles depuis des postes plus ou moins cachés sur les chemins de montagne. Ils finissaient par comprendre qui nous étions. Certains étaient sensibles à ce que nous faisions. Ils s'attendaient à des militants méprisants et agressifs. Surpris, ils découvraient des gens avenants et sympathiques. De temps à autre, ils laissaient des gamins ou des familles accéder jusqu'à ma ferme. Une façon de refuser la situation et les ordres. D'autres envoyaient des messages de soutien, de repentance, d'excuses. Ils nous parvenaient sous le couvert de pseudonymes par un réseau social, ou directement par téléphone.

C'est Camille qui a sympathisé avec un gendarme du même âge en surveillance en amont de mon terrain. Ils se sont échangé leur numéro, comme deux jeunes le feraient lors d'une rencontre, et à ma grande surprise, au cours d'une conversation téléphonique avec Camille, le gendarme a demandé à me parler. Il m'a informé qu'une famille de Soudanais venait chez moi en suivant ses indications. Alors que je déchargeais un camion de paille en bord de route, un véhicule s'est arrêté. Un gendarme est sorti puis une discussion s'est amorcée. Un dialogue plus que banal où nous avons discuté de tout, de rien, de la question de la paille, des olives, des poules, de la météo... Pour conclure le gendarme m'a précisé : « Derrière l'uniforme se cachent des êtres en désaccord avec les ordres. » J'aimais ces moments où le costume pouvait être oublié, où la vie et le respect devenaient précieux bien que nous fussions a priori dans deux camps étrangers.

Notre vallée est devenue en 2015, date du rétablissement du contrôle aux frontières, un lieu où les habitants sont soumis plusieurs fois par jour à la fouille des coffres de leurs voitures, et à des lampes puissantes dans la figure lors des contrôles nocturnes. Pour voir si nous sommes bien blancs. Alors nous avons appris à baisser la tête pour ne plus être éblouis. Les personnes susceptibles d'être en migration, entendez « les Noirs », elles, sont pourchassées, rendues à un état de culpabilité uniquement à cause de leur couleur de peau. De jour comme de nuit, les personnes étrangères craignent désormais les déplacements car elles sont systématiquement contrôlées. Qu'elles soient françaises ou non, leur teint peut les rendre suspectes, aux yeux des gendarmes mobiles, d'être en migration. Qui aurait oublié ses papiers finirait directement dans le pays voisin, l'Italie.

Ici, dans la vallée de la Roya, les Noirs sont considérés comme le nouvel animal invasif, des nuisibles. La chasse est ouverte sans répit, de nuit comme de jour, en hiver comme en été.

Ce soir-là, les corps se déshydratent, les pieds saignent, le bébé pleure. Il est trois heures du matin, le téléphone sonne. Je m'étais promis de ne plus répondre mais le froid qu'il y a dehors m'oblige à décrocher. Elles ont sauté en contrebas de la route pour échapper à la police alors qu'elles marchaient pour atteindre Breil-sur-Roya, m'expliquent-elles. Elles ont sauté dans l'obscurité sans savoir où l'obscurité allait. Elles auraient pu mourir si elles avaient choisi le trou d'à côté. C'est une chance qu'elles soient en vie. Les policiers avaient-ils vu l'enfant ? Je ne sais pas. Mais ils les ont laissées dans le fossé.

En 2016, nous avons éprouvé de plein fouet la violence de cette gestion inhumaine. Nous voulions vivre comme on vit ailleurs dans le pays, nous voulions vivre dans l'indifférence, dans la France où l'homme n'est pas chassé, où l'aide n'est pas incriminée. La France et les Français auraient pu nous féliciter, nous remercier d'avoir parlé au nom de notre devise, au nom de notre Constitution, au nom de nos valeurs républicaines. À la place, nous avons reçu des menaces d'emprisonnement de la part de notre propre gouvernement, des menaces de mort d'une extrême droite dorénavant tolérée et institutionnalisée.

En mars 2021, j'ai été définitivement relaxé après onze gardes à vue, cinq perquisitions, cinq procès et cinq ans de lutte... Ces procès ont été ceux de notre solidarité, de ce corps unique et indissociable, fait de ceux des victimes et de leurs complices. Avec mes avocats, nous avons tenté d'exprimer que nous ne prenions aucun plaisir à panser les blessures des tortures, à réconforter des gamines portant dans leurs ventres les rejetons de leurs violeurs libyens. Nous avons tenté de dire que nous aidions des personnes singulières ; nous voulions humaniser les gens auxquels nous portions assistance, aux yeux du procureur de la République. Or notre message n'a pas été entendu. Pour qu'il y ait compassion, il aurait fallu qu'il y

ait empathie. Pour qu'il y ait empathie, il aurait fallu qu'il y ait ressemblance.
Les procureurs et avocats généraux considéraient mes actions comme des actes purement politiques. Aucun magistrat n'aurait osé affirmer que les « migrants » en question n'étaient pas en état de vulnérabilité. Mais pour le ministère public, le fait d'aider des étrangers de façon répétitive et systématique est en soi un acte militant, donc un délit ne pouvant bénéficier de la fameuse immunité humanitaire. Je l'avais bien compris, il voulait me condamner pour avoir osé braver la gestion étatique qui pourtant fut révoquée des centaines de fois par le tribunal administratif, lequel considérait certaines pratiques du préfet comme illégales.
Mon procès, en première instance, a lieu à Nice en 2017. Des centaines de personnes se rassemblent en soutien devant le tribunal et revendiquent leur liberté d'être fraternelles. Les slogans fusent, provoquant la rage d'Éric Ciotti et d'autres élus qui réclament une condamnation ferme et exemplaire. Lors du procès, je suis hagard, je réponds de manière distanciée et peu éloquente, j'ai du mal à concevoir la solidarité comme un délit. Je suis absent. Comme dans un rêve, mon esprit s'envole

en Roya avec Hussein et les autres. J'écope d'une amende avec sursis. Je n'ai pas le temps de digérer la sentence que le parquet fait appel.
En 2018, je comparais devant la cour d'appel d'Aix-en-Provence. Et suis condamné plus fermement : huit mois de prison avec sursis. Tu parles d'un sursis ; à l'instant où tombe la sentence, plus de quarante personnes sont chez moi. La prison devient inévitable. J'angoisse, je stresse, la seule chose qui pourrait m'arrêter, c'est l'enfermement. Pendant ce temps, d'autres procès contre la solidarité sont en cours ; Pierre-Alain, Loïc, René, Francesca, Françoise, Gibi, Dan, Raphaël. Tous attendent d'être jugés pour délit de solidarité. Je désespère, c'est inévitable : nous finirons en prison. Ces procès ont eu l'effet escompté, la Roya se démobilise de mois en mois et rares sont ceux qui hébergent encore aujourd'hui.
À la sortie du tribunal, ce jour de 2018, le téléphone sonne. C'est l'avocat Patrice Spinosi qui se propose de me défendre devant la Cour de cassation. J'accepte, fais appel, et nous opérons un changement de stratégie juridique. Ce sera avec leur propre jeu de loi que nous ferons avancer le droit. Devant la cour de cassation, nous posons une question prioritaire de constitutionnalité.

Celle-ci est simple : sommes-nous libres d'être fraternels ? Comme le désigne notre devise Liberté Égalité Fraternité, nous demandons à ce que la Fraternité ait une valeur constitutionnelle identique à celle de l'Égalité et de la Liberté. La stratégie est de rendre l'interprétation de la loi en vigueur anticonstitutionnelle. Grâce à ce pragmatisme législatif, la loi sera finalement modifiée et le délit de solidarité abrogé.

À la suite de mes procès successifs contre le ministère public, le préfet Leclerc et le député Éric Ciotti – procès qui ressemblaient davantage à du harcèlement –, nous, habitants de la Roya, nous sommes alors retrouvés dans une réalité hors champ médiatique. La bataille était presque terminée, nous avions bientôt gagné. Ces procès étaient pour nous plus qu'importants. Ils défendaient tout un mouvement, des dizaines de milliers de personnes, ici en Roya, ailleurs en France et en Europe. Les messages de soutien nous arrivaient de Suisse, de Grèce, de Belgique, d'Italie et de bien plus loin encore. Des milliers de solidaires suivaient ces procès de très près car ils étaient aussi les leurs, ceux de la solidarité qu'ils défendaient.

Nous n'avions pas les épaules assez larges pour porter une si grande lutte, nous ne nous sentions pas assez forts pour représenter ces dizaines de milliers de familles hébergeant ces centaines de milliers de personnes venues d'ailleurs. Avant chaque procès, une fête était organisée, là au milieu de rien, dans notre monde, sous les oliviers. La bière et l'alcool de poire rythmaient la soirée. Des slogans alambiqués y étaient improvisés. Mais étrangement, jamais nous n'avons célébré une victoire. Elles étaient accueillies comme si de rien n'était, une formalité. Nous avions besoin de force pour gagner et de repos ensuite pour digérer.

Peut-être la victoire n'était-elle finalement pas le but escompté, peut-être le fait de dire aux magistrats que « quoi qu'il advienne je continuerai » était-il une fin en soi. Que la loi change ou non, nous nous en foutions ; le but était d'être inébranlables face à la menace de la prison. Nous étions, après ces victoires à répétition, comme au lendemain d'un soir d'ivresse. Les souvenirs perdus là où le silence était nécessaire. Comme après un rêve sans queue ni tête. Ne plus savoir, nos souvenirs désormais confus, comme s'il nous était impossible d'être conscients d'avoir pu encaisser une telle violence, un tel racisme primaire ordonné par une élite censée être la garante d'un pays de droit. En nous infusait un mélange de peur, d'angoisse et de rêve.

Le plus violent, lors de ces procès, était de faire admettre la maltraitance de nos institutions. Le ministère public restait impassible en argumentant de manière froide et brutale. Le procureur était pourtant complice de la gestion étatique et illicite du retour forcé de mineurs isolés en Italie alors que, à cette époque, aucune structure d'accueil n'était proposée là-bas. Les enfants étaient renvoyés sans ménagement dans les bras des passeurs et des réseaux de prostitution en gare de Vintimille. Or le procureur est, par sa fonction, le responsable légal des mineurs isolés entrés sur le territoire national. C'est lui qui est censé nommer l'administrateur ad hoc afin de garantir la prise en charge des mineurs en errance. Nous prouvions ainsi sa complicité silencieuse. Lors de mes multiples gardes à vue, le procureur ordonnait systématiquement des perquisitions de mon domicile. Des gamins dormaient dans mon jardin. Tous étaient venus à pied de Vintimille en groupe de cinq ou six. Ils attendaient depuis plusieurs mois que l'Aide sociale à l'enfance daigne les prendre en charge ; d'autres se trouvaient là depuis quelques jours seulement, fatigués, boitant, la tête enfoncée dans leurs épaules raidies par les traumatismes. Certains gamins en mal de patience tentaient de gagner Nice par leurs propres moyens mais en Roya, un Noir ne peut pas se déplacer sans être interpellé par la gendarmerie et être renvoyé directement dans les rues de Vintimille.

Ces mois à vivre ensemble nous liaient. Ces enfants me faisaient confiance. J'étais pour eux un frère, un tuteur. Ils étaient là seuls, ou accompagnés de camarades de traversée, tous surprenants. Un mélange de maturité et d'enfance. Partis seuls de chez eux par obligation ou nécessité, ils avaient vécu la souffrance du détachement familial, la violence de la Libye, le traumatisme de la traversée de la Méditerranée, puis vivaient maintenant l'abandon de l'Europe. Attendre chez moi, puis attendre dans des hôtels miteux ; je les voyais comme des sabliers se vidant de leur espoir, leur adolescence consumée par l'attente d'un avenir anéanti.

Mes mains étaient menottées, je me sentais souillé. La veille, on m'avait interpellé pour avoir proposé le gîte et le couvert à une gamine perdue au bord d'une route. La police m'emmenait chez

moi pour perquisitionner : elle est tombée nez à nez avec une dizaine de jeunes. Lors de ces perquisitions, le procureur ordonnait systématiquement la reconduite forcée en Italie des mineurs isolés, acte tout à fait illégal. Regroupés dans la cuisine par la police aux frontières, les petits étaient assis par terre, en silence. Ils avaient le regard de l'incompréhension et de la peur. Cette gestion chaotique était bien loin du pragmatisme des institutions que j'avais imaginé. Les enfants comme les femmes, les hommes et les familles étaient systématiquement renvoyés de l'autre côté de la frontière, en totale contradiction avec les textes de loi en vigueur, les conventions de Genève, les droits de l'homme et les droits de l'enfant. Le droit était piétiné par ceux censés le faire respecter. Préfet, procureur et ministère de l'Intérieur en bande organisée afin de dissuader les personnes en migration d'entrer sur le territoire national.
Comment l'État ne pouvait-il pas voir les conséquences de sa gestion inefficace ? Trop d'enfants sont morts en tentant de traverser la frontière, écrasés par un camion ou tombés d'un pont. Ces gamins avaient-ils auparavant été renvoyés par le préfet ? Cette question résonne en moi depuis que Millet, 16 ans, est décédée, percutée en 2016 par un

poids lourd sur l'autoroute. La veille de sa mort, j'étais dans l'église italienne qui l'accueillait. Une gamine à qui j'avais refusé mon aide car j'étais submergé par les requêtes. Le souvenir amer de ce préfet Georges-François Leclerc, ce nom qui restera gravé dans ma mémoire.
Les personnes en migration se voient refuser l'entrée sur le territoire français par un document appelé « refus d'entrée ». Seul le nombre des « refus d'entrée » est comptabilisé, les noms des personnes ne sont pas pris en compte. Une personne ayant tenté de passer la frontière dix fois avant d'y arriver est ainsi comptabilisé dix fois. Le préfet peut alors faire la roue devant le ministre, puis le ministre devant le président, alors que quasiment toutes les personnes comptabilisées plusieurs fois finissent par entrer en France. Un protocole, une organisation policière sans commune mesure afin de faire du chiffre pour du chiffre. La plupart des personnes refoulées à plusieurs reprises sont par la suite régularisées par le dépôt d'une demande d'asile.

2019. Les procès terminés, les oliviers reprennent espoir que je m'occupe d'eux. Ils ont à leur pied ces jeunes venus d'ailleurs qui ont interrompu leur route dans la vallée de la Roya. Je me demande combien de visages se sont assoupis sous leurs branches. Ces dernières années des milliers d'Érythréens et de Soudanais, avant eux des Juifs, avant eux des Italiens, avant eux des Sarrasins. Les vallées frontalières sont ainsi, des clans se créent, des délateurs, des complices et des passeurs. Une vie presque ordinaire reprend son cours.

Le harcèlement policier a porté ses fruits : la migration a repris sa voie clandestine. Ils ne passent plus par chez moi mais empruntent d'autres chemins, ceux des passeurs, des voies ferrées, des taxis, des chemins de montagne. Penser que la migration a besoin de nous pour se faire est illusoire. Les flics ont quitté leur camp de fortune autour de chez moi, le temps redevient comme avant. Les projets agricoles peuvent reprendre. Je revois mes oliviers d'un vert puissant, et à chaque coup de vent les feuilles se retournent, révélant un gris lumineux et étincelant.

Décembre approche, les filets verts seront posés sous les oliviers sur les restanques en cascade. Trois mois seront nécessaires à la recolte des 11 tonnes d'olives. Cet hiver sera rythmé par les caisses déposées chaque semaine au moulin, le tri des olives, le pesage de sel pour la saumure,

l'effeuillage. Combien de fois dirons-nous : « Elles sont belles cette année, les olives » dans les bars, les pharmacies, ou les gares ? L'olive redeviendra le sujet principal des conversations. Elle est comme le yoga niçois : quand tu es dans un arbre, tu penses à tout, à rien, à toi, au monde. Pendant que tu récoltes, tu rêves, et c'est pour cela que l'huile est bonne. Nous pouvons de nouveau vivre sans le stress d'un procès ou d'une garde à vue.
Ma porte demeure ouverte à ceux qui n'en ont pas. L'humeur joyeuse d'une jeunesse qui se rencontre, qui échange : des bénévoles venus d'Europe, des Érythréens, des Soudanais, des Tchadiens..., ensemble dans un même lieu où tout reste à inventer. Un lieu où l'on ne maltraite pas les gens, où la confiance domine l'intolérance. Des rêves s'improvisent, l'espoir grandit, on échange des numéros de téléphone, de bons ou mauvais plans. Mes jeunes colocataires décident de former un groupe, un collectif afin que le CCH (Camping Cédric Herrou) puisse continuer à orienter, à défendre et à offrir l'hospitalité.
Pour chacun d'eux, un rôle selon ses facultés et ses envies. Ils sont les accueillis qui accueilleront. La fin de l'automne amorce un ralentissement du flux migratoire. De moins en moins de jeunes arrivent

sur le campement. Je sens que la page est tournée, que le temps est donné à l'ensemencement de ce que pourrait être un futur commun. L'automne est pour moi la saison destinée à l'imagination, de ce que nous ferons demain, au printemps, quand le soleil donnera la force à la terre et à ceux qui la cultivent. Vient donc le temps de semer. De jeter nos rêves à la volée. Nous verrons bien ceux qui passeront l'hiver, le froid, les journées écourtées, le silence. Laissons faire la vie.

Le printemps s'est levé, on ne parle plus beaucoup du préfet, ni même de politique. Les graines semées à l'automne ont germé. Nous avons passé l'hiver à travailler à la récolte des olives. Le désir de construire ensemble, de cultiver ensemble et de rêver ensemble est né. Ce bosquet d'idées semées prendra le nom d'Emmaüs Roya. Une façon à nous de manifester notre opposition au système politique qui nous est imposé. Nous sommes les précaires qui inventent. Se donner le droit d'être utopiques, de rêver, d'inventer, quitte à être à contresens. Apprendre, se faire confiance. S'engager pour de bon, le temps des rêves est révolu, construire maintenant un modèle où nous pourrons faire vivre nos idées.

La tâche est rude. Nous ne savons pas par où commencer. Le démarrage du printemps est confus et désorganisé : trouver un nouveau lieu où nous pourrons loger dans des conditions plus dignes et confortables, construire un nouveau poulailler, ouvrir de nouvelles restanques pour la plantation de légumes, préparer la terre pour le millier de fraisiers que nous avons commandés durant l'hiver. Nous travaillons sans relâche. Nos mains se crevassent pendant que les légumes poussent.

La mission la plus lourde est désormais de trouver le financement de nos projets. Nous avons la richesse des idées, à nous de trouver ceux et celles prêtent à les financer. Pas facile d'être aidés quand on aide des « migrants ». Il aurait fallu aider les chiens errants ou les canards boiteux, mais aider des gens de façon inconditionnelle, c'est plus compliqué. Notre choix se limite aux entreprises et aux particuliers qui partagent nos valeurs. Le soir après le lourd labeur, le temps est consacré au montage des dossiers, aux coups de fil aux amis militants. La question est posée : où trouver l'argent ? La France regorge de ressources, les contacts se créent, des gens sont là prêts à aider, et grâce à cet élan de solidarité nous pouvons enfin acheter ce lieu dont nous rêvions.

Macron s'était engagé à ce que plus personne ne dorme dans la rue. À ce jour, jamais autant n'y ont dormi. La boîte mail d'Emmaüs Roya ne désemplit pas. Des dizaines de messages de demande de places, des personnes seules mais également des familles. Je me rends compte de l'ampleur de l'abandon de l'État. Nous appelons les communautés Emmaüs voisines, puis d'autres. Le constat est identique, la précarité se bouscule à leurs portes, les communautés Emmaüs sont surchargées, le 115 est également saturé. Depuis l'appel de l'abbé Pierre durant l'hiver 1954, la précarité a changé de cible, les SDF sont dorénavant aussi des sans-papiers abandonnés de toute solidarité nationale. Elles se font marginaliser sous contrainte car travailler leur est interdit.
Plus de 90 % des demandes que nous recevons proviennent d'exilés sans aucune ressource. Or nous sommes complets, et beaucoup continueront donc à dormir dehors, hommes, femmes, enfants sans distinction. Je pense souvent à l'avenir de ces dizaine de milliers d'enfants qui vivent dans des hébergements d'urgence et ces milliers de gamins

qui dorment dans une bagnole, sous un pont, dans un parking. Comment pourront-ils se construire ?

Abraham est passé chez moi en 2016, il était vif et plein de rêves, drôle et sociable. Il était parti d'Erythrée alors qu'il n'avait que 14 ans, et faisait partie d'un petit groupe d'amis issus du même village et de la même école. Ils avaient grandi ensemble puis ils avaient fui ensemble. J'étais très admiratif de les voir aussi résilients et persévérants. Abraham gardait le sourire malgré la violence de son exil. Toujours prêt à donner un coup de main, couper des légumes, faire la vaisselle, passer un coup de balai. Il me collait toute la journée pour apprendre des mots de français. J'ai retrouvé Abraham à Calais, deux ans après, au pied d'immenses tas de mâchefer, dans une décharge. La nuit tombait, la fumée des feux rasait le sol comme pour cacher ceux qui dormaient là. J'étais en visite chez mon ami Laurent, un militant. La gorge serrée, je le suivais, contournant les bâches trouées, les tentes lacérées. Des familles étaient là, téléphone en main, prêtes à bondir sur les instructions de leur passeur. Le froid saisissant ralentissait le mouvement des gens. Ils demeuraient immobiles, dans le silence et l'oubli. Au loin une voix m'a appelé : « Cédric ! Cédric ! » Abraham courait vers moi, porté par des genoux engourdis par le froid. D'abord, je ne l'ai pas reconnu, il m'a fallu plusieurs secondes. C'était finalement bien lui, je distinguais encore ses expressions, dissimulées désormais derrière sa peau tannée. Il s'est effondré en larmes. J'étais gêné par ma froideur, je ne savais ni quoi dire ni quoi faire. J'aurais préféré ne plus le revoir, garder mes souvenirs de lui, jeune et plein d'espoir. Là, il faisait peur, je voyais un clochard sans âge, proche de la folie, détruit par l'oubli, le froid, la faim et la peur. Avec regret et déception, j'ai observé ce jeune saccagé, alors qu'un toit et un cahier d'école auraient pu suffire pour qu'il mène une vie d'homme heureux.

Les institutions ont opté pour la souffrance, quitte à ce qu'Abraham devienne tout ce que déteste la France. En France, des milliers d'associations luttent contre la précarité. Elles compensent l'incurie de l'État avec des bouts de ficelle alors que seuls des logements et des régularisations permettront à ces personnes de ne pas sombrer dans la folie, la drogue ou la prostitution. Comment croire qu'une nuit à l'abri coûte plus cher à la société qu'une nuit à la rue ?

Cette défaillance systémique me consterne par son avarice. Heureusement, la solidarité résiste. À la Roya, nous recevons des dizaines de messages ; des familles hébergeant et accueillant se constituent en associations ou en collectifs informels. Dans un désir commun, tous désirent inventer une alternative à cette précarité. Emmaüs Roya inspire.
Pour nous, une question se pose. Nous savons qu'un toit ne suffit pas. Nous devons créer de la vie, de l'activité dans cette communauté. Emmaüs Roya se construit au fil du temps. Trois ans plus tard, le projet utopique est devenu réalité dans sa globalité. C'est l'été, les horaires viennent d'être adaptés à l'arrivée des chaleurs estivales. Nous travaillons tôt en évitant le soleil au zénith. Il est sept heures du matin. Les compagnes et compagnons sirotent un café dans des bocaux recyclés en tasses. L'humeur varie selon les personnalités. Certains, le regard hagard, songent encore à leurs rêves de la nuit passée. D'autres, plus matinaux, posent un œil aiguisé sur le planning de la semaine que notre coresponsable Marion vient d'afficher. Les trois marchés de la semaine, la mise en boîte des œufs, les livraisons, la plantation des salades, le désherbage des oignons, la taille des rejets

d'oliviers, la maçonnerie dans le local agricole, la révision des machines, le débroussaillage, la cuisine, la garde des enfants, ces milles et une chose à penser, toutes référencées dans un petit carnet.

Marion est arrivée en 2017, à l'époque où notre activité se limitait à accueillir dans l'urgence et la précipitation. Nous n'avions pas le temps de penser au futur tant le présent était intense. C'est ensemble que nous avons inventé cette communauté lors de longues soirées hivernales où nous refaisions le monde. Nous avions tout deux le désir de mettre nos compétences au service du commun ; elle a abandonné ses études en management pour se consacrer pleinement au projet, et moi, j'ai cédé mon activité agricole, et mes quinze années de travail, à Emmaüs Roya. Ma ferme est devenue notre ferme. Je me suis dépossédé de ce que j'avais de plus cher.

Alors que les quatre enfants de la communauté viennent de débouler avec fracas dans la salle à manger, Diana nous interroge sur le planning après l'avoir scruté avec intérêt, relevant des doublons et des erreurs d'affectation. Elle précise, avec son éternel humour : « Je sais que je suis la plus compétente parmi vous tous, mais je ne peux

pas être à deux endroits au même moment. » Le groupe s'éveille avec l'humour de Diana. Quant à Bassekou, il débarque avec trois minutes de retard. Je le lui fais remarquer. Il est 7 h 03. Après quelques explications, les équipes sont formées. Comme chaque mardi, Diana part avec le tracteur-remorque du marché chargé. Tomates, aubergines, courgettes, olives, huile, œufs, confitures et autres préparations sont installés dans cette splendide remorque made in Val Roya, constituée d'un hybride de store, de tubes de fer soudés, et bardée de planches de mélèze rougeâtre.
Dans la communauté, les compagnons sont souvent novices en agriculture. Ils ne savent pas faire. À leur arrivée, ils sont souvent gênés à cause de leur incompétence. Je leur rappelle alors que le but n'est pas de faire vite, ni de faire bien, mais de faire du mieux possible et d'être fier du travail effectué. Nous ne sommes pas une entreprise, nous sommes ici pour vivre et pour oser être heureux. La fierté par l'activité est notre clé pour parvenir à la reconstruction de l'individu, qu'il puisse prendre sa place dans le groupe grâce à l'estime de soi. Les personnes en migration ou en situation de précarité incarnent la résilience. Pour supporter les difficultés, ils rêvent en imaginant

un futur meilleur afin de survivre aux épreuves quotidiennes. L'activité permet cela : se projeter dans le futur par la conception d'une œuvre tout en prenant plaisir à la construire, là maintenant, s'ancrer dans le moment présent pour s'autoriser à en jouir. Et le travail agricole porte cette dimension inclusive, tout le monde peut faire ou apprendre : les hommes, les femmes, les personnes ayant un handicap, comme mon petit frère Florent, et Yann, tous deux bénévoles. Sortir du cadre de la gêne, faire une tâche qui serait a priori plus féminine ou masculine qu'une autre, se découvrir, être fort et dépasser les préjugés de façon naturelle et spontanée. Détruire le complexe de celui qui n'a pas étudié ou de celui qui se dit ne pas être manuel car proclamé intellectuel, qu'ils apprennent à construire des idées de leurs mains, à être heureux d'avoir brisé leurs propres préjugés.

Dans le ronronnement du tracteur, Diana prend la route, du haut de ses vingt-cinq ans, le dos et les épaules droites. Diana vient d'Albanie. Elle est venue se réfugier dans la communauté pour échapper à la violence de son mari et parle parfaitement français. Grâce à son activité, elle découvre

sa force et sa détermination. Elle vit, apprend et découvre. Elle se passionne pour tout : la maçonnerie, la soudure, l'irrigation et l'agriculture.
Ce matin, Diana conduit, le regard fier, et traverse le village jusqu'à la place principale. Les clients impatients posent un regard doux et amusé sur cette jeune femme aux yeux noirs arrivant avec son tracteur et sa grosse remorque qui déborde. La toile à rayures se déploie. La file de paniers s'improvise, pour être remplis de légumes de variétés anciennes différemment colorés. Basilic, tomates ananas noires de Crimée, piments sucettes de Provence, oignons rose de Menton, courgettes de Nice...
Au loin, un groupe de femmes fixent le logo d'Emmaüs Roya ostensiblement affiché. Par principe, elles n'oseront pas saisir ces tomates qui leur rappellent les senteurs de leur ancien potager abandonné à contrecœur à cause d'une santé fragilisée par la vieillesse, leur dos brisé ne leur permettant plus de s'en occuper. Pour elles, mon action d'aide aux exilés a chamboulé la Roya. Des amitiés et des familles se sont brisées. La question était posée à chacun : êtes-vous pour ou contre Herrou ? Il n'était plus question d'accueil ni d'immigration, mais de soutenir un

délinquant solidaire. Il fallait choisir son camp. Maintenant tout a changé : comme un pied de nez, les étrangers s'affairent à cultiver les terres abandonnées par les aïeux de ces dames haineuses. Notre façon d'organiser le vivre ensemble, de cultiver, de construire peut être vue de l'extérieur comme pas très « professionnelle ». Nous faisons tout nous-mêmes, du pain à la pose de tuiles. Le pain est parfois raté, mais la fierté exaltée par la satisfaction d'avoir fait avec nos mains ce que nous pensions ne pas savoir faire. Nous révolutionnons ainsi la perception que nous avons de nous-mêmes. Apprendre à apprendre, construire une charpente, faire de la plomberie ou de l'agriculture, improviser et se sentir libres de faire. J'aime voir le sourire des compagnes et compagnons, une fois le travail achevé. Ils se sentent alors fiers de qui ils sont. J'apprécie ce moment magique où, après avoir rangé les outils, nous admirons ensemble le travail effectué. Les sourires complices et spontanés tentent de dissimuler la gêne que provoque l'estime de soi.

Vers 7 h 30, Bassekou part de la communauté. Chef des poules, il est surnommé avec humour le DGPP, directeur général de la poule pondeuse.

Le jeune homme enfourche son vélo, coince à ses poignets les anses des seaux d'épluchures à destination de Ricco et Marine-Loupènne, nos deux cochons vivant d'amour et d'épluchures de légumes ou de tomates « tapées » à l'ombre des oliviers. Bassekou parcourt à vélo le petit kilomètre qui sépare les cochons et les poulaillers de la communauté. Il s'occupe de la mise en boîte des œufs, des soins, de l'alimentation, et renouvelle avec délicatesse la litière des bêtes.
Bassekou a passé quatre ans à la rue. Désormais, comme il le dit, sa tête est trop fatiguée pour bien réfléchir. Malgré son traumatisme, son humeur est constante, joyeuse. Bassekou me prend volontiers dans les bras lorsque sa tête « chauffe » – c'est l'expression qu'il utilise quand les souvenirs le hantent. Lorsqu'il était enfant, sa belle-mère le maltraitait sous l'œil indifférent de son père. La peau brûlée, les orteils atrophiés, son passé douloureux est lié à lui, comme un hameçon à la bouche d'un poisson. L'eau bouillante versée sur ses jambes d'enfant, souvenir à fleur de peau, est gravée dans sa mémoire.
La France, sa nouvelle mère, poursuit sa maltraitance. Bassekou est débouté du droit d'asile. La France ne lui a laissé que la rue comme option. Il

a été hébergé par des familles quelques semaines, puis est retourné dehors. Bassekou aurait pu devenir fou, sa conscience s'est comme atrophiée. Ne plus ressentir pour ne plus souffrir. Ses activités au sein de la communauté ont été adaptées à ses facultés. De jour en jour, il reprend confiance en la vie. Les pensées asphyxiées par la douleur, comme des bulles d'air dans une pompe à eau, désamorçant sa fonction primaire, sa tête tourne dans le vide à toute allure. Le calme revient avec le temps rythmé par les activités agricoles. Quand il travaille, il ne pense pas. Sa tête se repose.

Sur le marché, le stand d'Emmaüs Roya ne désemplit pas. Nous sommes les seuls maraîchers du petit village. Les produits locaux d'Emmaüs Roya, aussi appétissants soient-ils, sont boycottés par certains aigris d'extrême droite – après tout, tant mieux car il n'y en aura pas pour tout le monde, nous leur laissons les tomates du supermarché cultivées en Espagne, en Italie ou au Maroc et ramassées par des milliers de migrants exploités illégalement dans les champs.
Pendant ce temps, en contrebas, sur le terrain cultivé en terrasses, les lignes de fraisiers sont protégées par un voile tendu entre les oliviers.

Kanojoura est compagnon, c'est Bassekou qui nous a demandé de l'intégrer à la communauté. Tous deux sont du même village et solidaires dans la galère. Il était à la rue à Paris, cherchant, désespérément et sans succès, une place au 115. Kanojoura est accroupi au milieu de la rougeur des petits fruits et de la blancheur des milliers de fleurs qui attendent le vol d'une abeille, il s'active à la récolte des fraises. Une fois qu'il aura terminé, il sautera sur son vélo-remorque et pédalera jusqu'à Diana pour qu'elle les vende sur le marché. En parallèle, ce matin, les travaux de maçonnerie commencent, avec Thomas, de nationalité française, arrivé à la communauté il y a maintenant deux ans. Lui aussi portait les stigmates d'une jeunesse difficile. Le jour où je l'ai récupéré à la gare de Breil, son teint était livide, ses épaules aussi épaisses que mes chevilles, son regard se cachait derrière des gestes hésitants et tortueux. En deux ans, son corps s'est métamorphosé, son œil franc dégage la fierté qu'il mérite. Grâce à l'activité et, bien évidemment, aux bons produits de la ferme, il est transformé.
Thomas n'a pas eu la chance d'avoir une famille très attentionnée. Abandonné à lui-même dès son adolescence, il côtoie rapidement la justice

pour des faits mineurs. La première structure qui l'accueille et prend enfin soin de lui, c'est Emmaüs. La tenue de Thomas est criblée d'impacts d'enduit à la chaux. Sur ce chantier, il travaille avec Mohammed, ancien barman tunisien. Ils enduisent ensemble les murs de nos locaux agricoles en construction. Fanta, la femme d'Idrissa, s'occupe quant à elle de leurs deux enfants et de ceux de Diana pendant toute la durée du marché. Les enfants ont l'air heureux. Aminata va à l'école, Karamo, son frère, à la crèche. C'est un petit bonhomme calme et observateur, il a appris à marcher il y a quelques semaines dans un but bien précis : suivre sa grande sœur qui le fascine tant.

Aminata s'est liée d'amitié avec une vieille dame au coin de la rue. Lorsque Emmaüs Roya s'est installé en ville et que nous avons lâché le CCH en périphérie, cette dernière nous regardait de travers en marmonnant. Qui aurait voulu vivre à côté de chez Herrou et sa clique de migrants ? Pas elle. Comme la moitié du village, elle est réfractaire à l'accueil des étrangers, par peur, par méconnaissance ou à cause de l'éternelle instrumentalisation médiatique des faits divers. Elle est, comme beaucoup de Français, attachée à son village et ne voudrait pas que sa tranquillité soit perturbée par la venue d'autres, de coutumes et de cultures différentes. Lana, six ans, la fille de Diana, s'est liée d'amitié avec son petit-fils du même âge. Elle parle un français parfait, son franc sourire a su attirer la sympathie de la vieille dame. Aminata, elle, a trois ans. Tout aussi adorable que Lana, mais ses cheveux sont crépus et sa peau est noire, ce qui la rend plus sujette aux préjugés. Un fossé sépare cette vieille dame et cette petite étrangère noire de peau, mais Aminata a su créer une passerelle pour le franchir, de façon naturelle. Un jour, les bras tendus et grands ouverts, elle s'est jetée dans ceux de la grand-mère. Comme un électrochoc, l'amour porté par l'embrassade de cette gamine a su défaire le matraquage des discours politiques et médiatiques. Maintenant la vieille dame attend cette étreinte avec impatience à chaque sortie d'école.

Les enfants de la communauté catalysent la socialisation des adultes. Ils vont à l'école, à la crèche, et de là se créent des rencontres entre semblables, entre parents. Les adultes de la communauté peuvent parfois être confrontés au racisme, alors que les enfants ne le connaissent pas, voire l'anéantissent par leur spontanéité. Qui pourrait ne pas vouloir donner une chance d'être heureux à un enfant ? Le fait d'exister, d'être là à pédaler sur un vélo et rire aux éclats, de jouer avec les gamins du quartier, de partager un goûter, juste de vivre. Là est pour moi l'aboutissement de tout notre combat. Voir des voisins qui détestaient mon action d'aide aux étrangers enlacer une gamine pour qui je me bats, c'est bien plus fort qu'un soutien, c'est une relève.

Emmaüs Roya est une association classique avec un conseil d'administration, des bénévoles. Le quotidien est rythmé par la vie de la communauté et l'activité agricole des neuf compagnes et compagnons, des deux coresponsables, Marion et moi, de Margaux l'encadrante maraîchère, des deux bénévoles quotidiens, et par les quatre enfants qui jouent, vivent au milieu de cette vie collective, et bien entendu par les visiteurs de passage en Roya. Voilà trois ans que nous travaillons sur ce projet et cela sans subventions publiques, nous vivons de notre travail en toute indépendance et autonomie. Une organisation bien loin de cet accueil qui m'a conduit au tribunal. Avant les exilés se cachaient, maintenant ils sont là au milieu de tous, vendent leurs légumes et cultivent leur terre d'accueil. Il est plus facile de stigmatiser des gens

invisibles. Aujourd'hui ils font partie du décor. Ils sont devenus des habitants de la Roya. Des vieux avec des jeunes vivant et travaillant ensemble.
La vie en collectif n'est pas chose facile, nous apprenons à nous parler, à échanger sur nos différends. Nous apprenons à vivre dans le respect de l'autre. Tout s'entremêle, la façon de cuisiner, de s'impliquer dans les tâches quotidiennes, le ménage, l'usage des toilettes, la musique, l'éducation des enfants. Les règles du vivre ensemble sont simples : pas de racisme, pas de sexisme, pas de violence. Sans que celles-ci empiètent sur la liberté de chacun. Nous faisons société avec des particularités de culture, de genre, d'âge, de religion. Les règles sont le socle commun du vivre ensemble, elles paraissent si évidentes qu'elles sont reçues avec le sourire quand nous les énonçons aux nouveaux venus.
Tarik vient d'arriver en gare de Breil-sur-Roya, il est vêtu d'un pantalon noir et d'une chemise blanche, sur sa tête un béret. Sur son nez, des lunettes lui donnant un air sérieux et soigné. Face à sa tenue, je suis surpris qu'il soit attiré par cette communauté agricole, mais avait-il vraiment le choix ? Tarik aurait pu être un homme comme tout le monde, mais pour des raisons qui lui sont personnelles, il

est resté en France après que son visa avait expiré. Il est depuis sans papiers et ne peut donc travailler, ni percevoir aucune aide sociale. Sa seule alternative à la rue : les squats, les amis et Emmaüs.

Après la visite de son nouveau lieu de vie, je lui énumère les règles : pas de bagarre, pas d'alcool dans les parties communes, pas d'insultes, et nous demandons le respect du travail et des animaux de la communauté. La religion s'exerce dans sa chambre, nous pouvons en débattre, en discuter, mais sans prosélytisme. Il me répond, souriant : « Oui, c'est normal. » Ces règles évoluent sans cesse et peuvent être remises en question par chaque membre de la communauté. Si l'un ou l'une d'entre nous pense qu'une des règles empiète sur sa liberté individuelle, nous la redéfinissons ensemble. Tarik sera en binôme avec Bassekou à la gestion des poulaillers. Il assurera du fait de son sérieux, une tenue sanitaire irréprochable, garante du bien-être des poules pondeuses.

Thomas écoute de la musique tard le soir, il y a eu plusieurs disputes à ce sujet. Lors de la réunion, les compagnons mettent le sujet sur la table. Rien ne sert de poser des règles qui ne seront pas respectées, alors c'est à Thomas que nous demandons de définir l'heure limite et le volume acceptable. Il propose 19 h 30, beaucoup plus tôt que ses habitudes. Nous avons compris ici que les règles sont respectées quand elles ne sont pas imposées. Souvent nous avons dû en définir sur des sujets comme l'usage de la cuisine et des autres parties communes. Ici, elles ne sont pas faites pour interdire, mais au contraire pour permettre de vivre ensemble.

Les communautés Emmaüs, composées de compagnes et de compagnons, existent maintenant depuis plus de soixante-dix ans. Elles accueillent de façon inconditionnelle plus de 80 % de sans-papiers. L'abbé Pierre a toujours attaqué les inégalités de richesse entre les hommes, chaque année plus exacerbées par notre système néolibéral. Son but était que nous prenions conscience qu'autour de nous, des gens souffrent. Emmaüs est la seule fédération en France à proposer une activité et un toit à ces personnes. C'est pour cela que je l'ai choisie, mais aussi pour son engagement laïque et révolutionnaire. Les discours et le parcours de l'abbé Pierre ne m'ont pas laissé indifférent. Son côté punk et provocateur malgré sa soutane, sa façon d'invectiver avec virulence et provocation les « tout-puissants » m'interpellent.

C'est ce qui m'a poussé à agir quand, en 2016, nous vivions dans l'oubli de l'État qui maltraitait les exilés. Je voulais que ces personnes soient entendues. Je voulais être conscient de la réalité que traversent les gens poussés par la migration. Je ne voulais pas d'une existence isolée de celles des autres. Vivre heureux en côtoyant la souffrance m'est impossible. Il me semblait nécessaire d'agir quitte à changer ma vie. Je suis paysan et je pouvais contribuer par mon savoir-faire et mes acquis à cet effort nécessairement collectif. Je me suis dépossédé. Je ne le regrette pas car je n'aurais jamais pu créer seul ce qu'est devenu mon morceau de terre. Ce qui était à moi et maintenant à nous.

À Paris, le siège d'Emmaüs France reste à mon goût bien trop silencieux face à cette nouvelle réalité qui s'abat sur les personnes en migration. Le ton provocateur et révolutionnaire de l'abbé Pierre avait pourtant pour but de provoquer le pouvoir institutionnel afin d'éveiller les consciences, de faire entendre la voix des sans-voix.

Les communautés Emmaüs ont donc fait le choix, dès leur création en 1954, d'être indépendantes du pouvoir exécutif afin de jouir d'une pleine autonomie et d'une liberté d'expression. C'est pour cela que les 122 communautés Emmaüs vivent de leur activité et des dons de ceux qui les soutiennent. Ce choix est devenu une règle qui peut ne plus avoir de valeur quand le rapport de force s'estompe par consensus. Ce consensus s'établit pernicieusement du fait d'une volonté de créer un rapport privilégié avec les institutions. Combien d'associations n'osent pas dénoncer ce qui se passe, de peur de voir s'abattre la colère d'un préfet, d'un maire ou d'un président de département ? J'ai été abasourdi par la situation d'isolement des communautés Emmaüs lorsque l'État s'acharne sur certaines compagnes ou compagnons en activité depuis plusieurs années, qui se retrouvent soudainement sous le coup d'une OQTF (obligation de quitter le territoire français). Lors d'une visite dans la communauté Emmaüs Servas, je rencontre ainsi Amira. Les larmes aux yeux, elle me raconte que les gendarmes lui ont remis un document lui demandant de quitter le territoire français. Je ressens chez elle de la colère. Avec hâte, elle m'explique qu'elle est ici, dans cette communauté, depuis huit ans. Elle tient la caisse car elle est une personne de confiance. D'autres compagnons sont présents autour de nous. Chacun leur tour, ils expriment leur incompréhension. Ils trient pourtant les poubelles des gens, me disent-ils. Ils recyclent pour que d'autres dans le besoin puissent meubler leur logement, me disent-ils.

– Nous ne dérangeons personne !

– On est là, on recycle les poubelles des Français sans rien demander et voilà que la préfecture vient ici chez nous pour nous dire de partir !

Amira reprend la parole, elle ne peut plus contenir ses larmes, ses yeux sont rougis, ses lèvres tremblent.

– La préfecture, elle sait très bien que je ne peux pas rentrer chez moi ! La préfecture, elle sait très bien que j'ai une tumeur là dans ma tête qui me fait souffrir !

Dans un silence général, Amira montre sa tête de son doigt tremblant de peur et de colère.

– Ils disent que je ne suis pas intégrée ! Alors que je suis ici depuis huit ans sans poser de problème, que je parle français !

Amira me prend dans ses bras et pleure. Je reste immobile, son corps serré contre le mien. Je ne sais quoi dire pour la réconforter, alors je reste muet. Je pense à chez moi, à la Roya, à notre communauté, à nos compagnons. J'imagine Diana ou Bassekou pleurant à chaudes larmes comme le fait Amira. La colère monte en moi. Mes pensées se dirigent vers mon ancien préfet Leclerc, les luttes, la colère, l'abbé Pierre et ses discours. Puis elles s'arrêtent sur Catherine de La Robertie, préfète de l'Ain. Que faire pour Amira ? J'aimerais sortir la préfète de son beau bureau du centre-ville, la ramener ici et qu'elle nous explique à tous et surtout à Amira pourquoi elle les fait souffrir ? Dans quel but ?

Nous avons tous le devoir de dénoncer l'inacceptable, car notre silence nous rendrait complices. Nous défendons une cause et non une position de confort. Le fait d'interpeller la préfète risquerait, selon certains, de mettre à mal la communauté dans son ensemble. Or nous faisons solidarité et notre devoir est de défendre Amira et les autres victimes de cette injustice irrationnelle. Être solidaire, faire corps, car quand l'une d'entre nous souffre, c'est tout le groupe qui souffre ; être empathique, sentir la souffrance de l'autre dans son propre corps. Partager le bonheur comme le malheur, telle une abeille dans une ruche, où l'individualisme n'a guère sa place dans le groupe ; sauver la ruche avant tout. Faire corps pour se faire entendre des puissants qui méprisent l'individu esseulé ou le groupe marginalisé par l'oubli.

Avant 2016 je vivais seul. Le monde du dehors est venu à moi, et de par mes convictions, je me suis retrouvé solidaire de ces gens arrivés d'ailleurs. Ils n'avaient d'autre choix que de marcher jusqu'à nous. Cette solidarité controversée m'a valu d'être menacé de prison. Je me suis retrouvé seul avec mes hôtes, les autres, face aux miens. Mais la solidarité a viré de bord. J'ai été soutenu par une minorité de Français qui n'accepte pas la maltraitance de l'homme par l'homme Nous pourrions penser que mon changement de vie met en péril ma petite exploitation agricole et mon confort personnel. Oui, ça a été le cas avant que nous fassions « corps ».
Ces quelques hectares, qui faisaient vivre modestement une personne, en font maintenant vivre une quinzaine. Je me suis adapté au changement, j'ai su m'ouvrir. La dépossession, le partage, la solidarité m'ont rempli de force et de détermination. Le collectif n'est pas toujours facile, il mène à des divergences, il nous pousse vers une remise en question personnelle et perpétuelle qui permet au groupe de se construire. Un projet commun permet aux gens de s'impliquer ensemble, et de là naît la solidarité. Par ailleurs, sous le couvert de bons sentiments, les actions militantes peuvent devenir

des « atténuateurs de mal-être », soulageant la violence contre les précaires, pour qu'elle n'explose pas. Nous pourrions cacher Amira dans la communauté sans qu'elle puisse sortir librement, par peur d'être interpellée et enfermée avant l'expulsion. Nous pourrions nous soumettre à la violence de la préfète, ou nous taire. La charité rend parfois la colère silencieuse, invisible.
Je l'ai vu pendant ces nombreuses années de lutte, les associations ayant pignon sur rue hésitent trop souvent à interpeller les pouvoirs publics. Elles restent dans un silence malaisant, empêchée par leurs propres barrières, leurs propres peurs, la parole s'autocensure. Bien évidemment il n'est pas toujours facile de subir les conséquences des invectives aux pouvoirs publics. Perte de subventions, marginalisation, procès, harcèlement policier, juridique, intimidations... Amira était désespérée, la communauté, dans son ensemble, dans un état dépressif. Comment leur redonner confiance dans le futur ? Il fallait mettre la pression à celle qui avait le pouvoir.
La préfète Catherine de La Robertie a été ma cible politique pendant quelque temps, je l'invectivais sans cesse sur les réseaux sociaux, nous organisions des manifestations devant la préfecture,

nous envoyions des communiqués de presse... Je voulais qu'elle sache que quand elle blessait une personne de notre réseau, c'était tout le réseau qui était blessé. Le plus important pour moi est que les compagnons sachent que nous sommes solidaires et que leur bien-être nous importe. Nous nous sommes rassemblés, et Amira a gagné, elle est maintenant régularisée, ainsi que d'autres compagnons.

Depuis le mois de février 2022, plus de 8 millions d'Ukrainiens ont quitté leur domicile, 5,5 millions sont en Europe, dont 100 000 en France et 10 000 dans les Alpes-Maritimes. J'étais, comme tous, choqué à l'annonce de cette terrible guerre aux portes de l'Europe. En Roya, nous nous sommes aussitôt préparés à accueillir ces nouveaux réfugiés. Nous étions prêts à dégainer tentes et duvets, compresses et bandages. Or les journées se sont succédé, et personne, aucun réfugié, n'est arrivé.
La Roya continue à vivre paisiblement. Le maire de mon village s'est donné l'image d'un grand humaniste, prêt à accueillir les réfugiés, alors que quelques mois auparavant, il menait sa campagne électorale sous les auspices de son maître

et mentor, Éric Ciotti, luttant corps et âme contre une immigration massive et le méchant Cédric Herrou qui avait accueilli contre la volonté de tous et mis à feu et à sang sa vallée si chérie !
Depuis lors, le constat est clair : la différence entre ces deux populations est bien leur couleur de peau. Cela me met en colère alors que je devrais être heureux que mon pays accueille enfin de façon digne et organisée. Un appel citoyen est lancé par Marlène Schiappa qui, quelques mois plus tôt, condamnait mon action auprès des réfugiés. Un double standard s'assume désormais. En préfecture, il y a la file des Blancs, et celle, bien moins prise en charge, des Noirs et des bronzés.
Pendant que le ministère de l'Intérieur creuse les inégalités, les associations luttent contre la faim, la soif et les dérives sociales. Les étrangers sont précarisés et se réfugient dans des camps informels, des zones de non-droit. L'État pourrait y répondre par des mises à l'abri ou un accompagnement social, mais il y répond par la force, déplaçant le problème à un autre endroit. Or ces personnes continuent d'exister. Jamais le ministre de l'Intérieur ne parle aux personnes qu'il persécute. Il ne les écoute pas. Il ne les entend pas. Face à ces étranges personnes, l'empathie lui est impossible.

L'immigration devrait être administrée par un ministère en soi, en partie constitué de gens de terrain. Le fait d'avoir rassemblé les questions d'immigration et d'intérieur au sein d'un même ministère présente l'immigration comme un trouble à l'ordre public. L'immigration aurait pu être gérée par le ministère du Travail, de la Famille, des Affaires étrangères, ou rêvons un peu, des Solidarités... Mais non.
Le ministère de l'Intérieur se concentre sur des banlieues où les populations sont majoritairement issues de l'immigration, éloignées de l'emploi car stigmatisées. Il pourrait décapiter les organisations de trafic de drogue mais s'acharne contre les petits dealers en banlieue. Il pourrait lutter contre l'évasion fiscale mais s'en prend aux bénéficiaires des aides sociales. Il pourrait lutter contre la corruption mais préfère s'acharner sur la petite délinquance. Et voilà qu'il s'étonne de la montée en puissance de l'extrême droite alors qu'il en incarne l'idéologie et la méthodologie. Le ministère de l'Intérieur devient le baromètre, l'indice du racisme et de l'autoritarisme. Sa cible : les précaires, les immigrés et leurs descendances. Du discours à l'acte, le ministère concrétise, sans pour autant proposer d'alternatives à la délinquance.

De jour comme de nuit, les bénévoles tentent de réparer l'irréparable, l'odeur de l'angoisse flotte, comme la fumée lourde d'un feu à combustion lente, elle pique, assèche, colle. Elle empêche de voir, de rêver, de dormir. Dans la nébuleuse de violence, le feu couve avant de se propager. Les corps sont rendus vides d'esprit, abrutis par chaque nuit passée dans la peur du vol, du viol, de la matraque. Quelques individus gardent un maigre espoir d'accomplir leurs rêves : vivre et dormir sous un toit, se lever pour travailler, se laver dans un lieu clos, décent. Le rêve d'apprendre, d'étudier, de travailler alimente le courage. Mais quand le courage s'épuise, la folie s'exalte. Qui peut, sans l'avoir vécue, connaître cette folie qui embrase le corps de celui qui dort en ayant peur, froid, faim ? Qui peut ? Certainement pas un homme devenu ministre.

Sans Emmaüs Roya, qui pourrait savoir ce que seraient devenus les compagnes et les compagnons ? Auraient-ils été à la place de ceux évacués par des gaz lacrymogènes ? La solitude dans laquelle on les a laissé tomber les aurait-elle rendus fous au point d'abandonner tout projet de vie ? Alors qu'une petite solution a vu le jour en Roya, d'autres sont contraints d'accepter la douleur de n'être considérés que comme des déchets non recyclables. Cultiver la terre pour nourrir les autres, donner du sens à sa vie, n'est-ce pas une des solutions à la précarité ? Pour ma part, j'ai su garder la foi car nous apportons des solutions concrètes qui fonctionnent. Ailleurs, et pendant ce temps-là, des bénévoles et militants proches du « burn out » recollent les pots cassés. Plus le temps d'inventer, de chercher une terre d'utopie. Les associations devraient être considérées comme des alliées de nos services publics, capables d'imaginer des alternatives, des laboratoires d'expérimentation citoyenne cherchant de nouvelles pistes de gestion de l'immigration et de la précarité. Au lieu de cela, elles n'ont de cesse d'être criminalisées.

Comme une ironie, pendant que j'écris, des satellites d'Elon Musk passent au-dessus de ma tête, petite chaîne étincelante, chapelet d'un milliardaire se faisant dieu, se permettant de cacher aux yeux du monde ces étoiles qui ont inspiré et guidé l'humanité pendant des millions d'années. Cet homme qui d'un tweet influe sur l'économie mondiale impose son pouvoir sur ses semblables. Cette chaîne étincelante passera peut-être au-dessus d'une embarcation retournée en Méditerranée, ou d'un gosse crevant de faim en Somalie ou en Éthiopie. Au-dessus de gamins qui creusent des carrières, sortant à mains nues les minéraux rares nécessaires à la construction de cette guirlande grotesque qui insulte, par sa simple existence, la souffrance du monde.

Nous avons le devoir d'être utopiques, de rêver, sans pour autant être muets. Permettons-nous d'inventer, de créer sans peur de l'échec. De faire confiance à nos rêves les plus déterminés. Non, il n'existe pas qu'une manière de construire une société ; non, il n'existe pas qu'une manière d'accueillir. Il y en a autant que d'hommes ou de femmes sur Terre. Construisons sur une terre nouvelle : celle de l'utopie. Les discours doivent se concrétiser, chacun à son échelle, chacun à sa façon, chacun avec ses compétences, mais œuvrons avant de nous habituer à l'intolérable. Chaque jour passé dans le silence est un jour perdu pour notre conscience.

Nous sommes mercredi, il est midi, les neuf compagnons arrivent à vélo du CCH et vaquent à leurs activités paysannes : Bassekou toujours en charge des soins aux poules, Kanojoura de la remise en état des fraisiers défoncés par le terrible sanglier, Fanta et Bakary de la plantation des oignons, Diana et moi de la construction d'un nouveau poulailler ; Thomas est absent, parti suivre une formation de deux mois pour apprendre le métier de cordiste ; Konstantin, ancien militaire, en tracteur sur le petit chemin raide et sinueux, gravit le pan de montagne d'aller recharger les silos à grains des poulaillers. Quant à Idrissa, le mari de Fanta, il garde les quatre enfants et fait la cuisine pour les seize personnes de la communauté. Il est épuisé par l'attention que requièrent les enfants, mêlée à celle prêtée aux plats enfournés qu'il ne faudrait pas faire carboniser. La chatte de la maison voisine a pris possession de la salle à manger. Elle passe de jambe en jambe, en attirant les mains des compagnons près du sol pour voler une tendresse. Les enfants tentent de susciter l'intérêt des compagnons en montrant un dessin, en riant aux éclats ou en cherchant tout subterfuge pour attirer l'attention. Aminata brandit à bout de bras des cubes en bois et énonce avec zèle les diverses couleurs, Karamo pousse la petite sœur de Lana sur une cagette en bois qui glisse sur les lattes du parquet. Dans un brouhaha joyeux, l'odeur des légumes envahit la pièce quand Idrissa entrouvre la porte du four, et un nuage de vapeur déferle sous le plafond de la cuisine.

Une vie presque normale, anodine ; un repas, des enfants, un chat, l'odeur des légumes qui baignent dans l'huile d'olive, le soleil qui perce à travers l'entrebâillement de la porte, illuminant le parquet en mélèze rouge qui donne à la salle une couleur chaude et ambrée. Les enfants sont heureux, les adultes aussi.

Je regarde ce moment comme un aboutissement, un moment simple d'une vie rendue possible par la détermination de réaliser un rêve, un petit rêve, dans une petite vallée, avec de petites gens qui ne demandent pas grand-chose d'autre que de vivre.

Si vous voulez soutenir l'association Emmaüs Roya vous pouvez faire un don sur https://emmausroya.sitew.fr/Faire-un-don

Déjà parus

Laure Murat
Qui annule quoi ?
Sur la cancel culture

Ludivine Bantigny
L'Ensauvagement du capital

Julia Cagé
Pour une télé libre.
Contre Bolloré

Thomas Piketty
Mesurer le racisme,
vaincre les discriminations

Cécile Alduy
La Langue de Zemmour

Clémentine Autain
Les Faussaires
de la République

Alain Supiot
La Justice au travail.
Quelques leçons de l'histoire

André Markowicz
Et si l'Ukraine libérait la Russie ?

Adélaïde Bon, Sandrine Roudaut, Sandrine Rousseau
Par-delà l'androcène

Hervé Kempf
Le nucléaire n'est pas bon pour le climat

Romain Blondeau
Netflix
L'aliénation en série

Myriam Revault d'Allonnes
Le Crépuscule de la critique

Fabrice Arfi
Pas tirés d'affaires

Johan Faerber
Parlez-vous le Parcoursup ?

Direction éditoriale : Antoine Böhm
Conception graphique : François-Xavier Delarue
Réalisation : Nord Compo à Villeneuve-d'Ascq
Impression : Normandie Roto Impression s.a.s.
Dépôt légal : janvier 2023
N° 152067 (2205793)